# FABLES.

# FABLES.

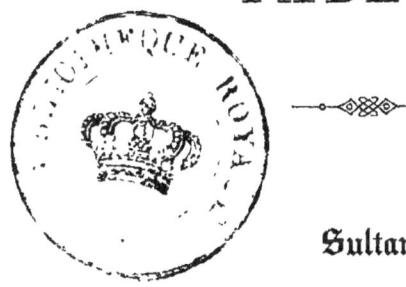

## Sultan.

Nonchalamment couché sur un gros tas de foin,
    Dont il s'est emparé sans gêne
Et que depuis une heure il éparpille, il traîne,
Qu'il gaspille en un mot et qu'il répand au loin,
    Sultan faisait sa méridienne ;
Certes pour bien dormir, il n'avait pas besoin
D'un tas pyramidal d'herbe fraiche fauchée ;
Aussi dame brebis, par l'odeur alléchée,
Timidement arrive, en goûte une bouchée.
    Sultan s'éveille : « Holà ! dit le vieux chien,
« De quel droit viendra-t-on ainsi prendre mon bien ?
» —J'ai faim : —tant pis vraiment, je défends qu'on y touche,
» —Mais l'herbe des brebis est l'unique soutien,
» C'est notre nourriture et vous n'en faites rien.
        — « Ne vois-tu pas que je m'y couche ? »

Que d'hommes ici-bas, semblables à Sultan,
S'emparent, sans besoin, de tout sur cette terre,
        Et, mauvais fils d'Adam,
    Perdent le bien aux autres nécessaire.

1847

## Le Berger.

Au loup ! au loup ! s'écriait un berger ;
Accourez donc...... et tout le voisinage
Tout aussitôt abandonnait l'ouvrage
Pour lui venir en aide en ce pressant danger.
En effrayant tout le village ,
Il croyait faire un badinage ;
C'est un triste talent que de tromper autrui !
Mais pareil jeu n'est jamais sage ,
On ne voulait plus croire en lui.
Un jour que ses moutons entraient au pâturage ,
Un loup survint , et Dieu sait quel carnage
Il fit du troupeau tout entier.
Le berger avait beau crier ,
A moi !.. mes chers amis !... C'est un loup véritable !
Ah ! par pitié, venez à mon secours ;
C'est Guillot, disait-on , qui fait encor ses tours ;
Et les voisins restèrent sourds.

Ce coup ruina le pauvre diable ,
Et son malheur lui fit enfin sentir
Que même en plaisantant , on ne doit pas mentir.

## Le Loup.

Deux loups, maîtres experts en fait de brigandage,
S'étaient associés pour aller au pillage ;
Entre eux, un jour durant, pas le moindre discord,
Et les moutons payaient ce merveilleux accord,
Car déjà nos bandits, friands de bonne chère,
Avaient su dérober deux agneaux et leur mère ;
     La pauvre mère !... elle eût pu fuir,
   Mais fuir sans eux ! elle aima mieux mourir.
    Trois jours après, nos deux inséparables
Qu'un jeûne prolongé rendait bien moins traitables,
      Se disputaient à belles dents
      De misérables ossements
Qu'ils auraient dédaignés en toute autre occurrence ;
Mais la faim fait aimer la plus maigre pitance,
Et lorsque l'on a faim, l'on n'est pas généreux :
Aussi nos deux amis, excités, furieux,
Le poil tout hérissé, la rage dans les yeux,
    Avaient déjà mainte et mainte blessure,
   Vous comprenez, des blessures de loup,
Blessures, dont on peut succomber sur le coup,
     Quand un chasseur, par aventure,
    Fort à propos vint à passer par là,
      Pour mettre le holà !
Excité par l'espoir d'une aussi belle chasse,
Sur le groupe aussitôt marchant avec audace
    A bout portant ses deux coups il tira :
De nos fiers combattants, l'un mourait sur la place ;
Cruellement atteint, l'autre roulait aussi ;
    Faute de plomb, le chasseur lui fit grâce,
     Et l'emporta chez lui.
Un doux chevreuil eût fait les honneurs de la table,
Sans égard pour ses pleurs on l'aurait immolé,
Et tout le voisinage eût été convié ;

Mais un loup dont la chair est âcre, détestable,
      Un loup fut épargné
   Et put guérir, car même il fut soigné !...
   Huit jours après, dans sa reconnaissance,
Se sentant assez fort pour de nouveaux exploits,
   Il fuit.... L'on s'aperçut de son absence
Au nombre des agneaux, car il en manquait trois.

Chacun assurément doit être charitable,
   Mais envers qui?... Consultez cette fable,
Elle enseigne qu'avec les méchants et les loups
Etre compatissant, c'est le rôle des fous.

## Le Colin-Maillard.

Un soir, la besogne achevée,
Huit ou dix ramoneurs terminaient la journée
Par des jeux et des cris.— « S'il faisait du brouillard,
          » Nous jouerions au Colin-Maillard !  «
Ainsi disait l'un deux, et la brume docile,
Pour répondre à ce vœu, s'empare de la ville.
  « — Oh ! ce n'est pas assez, il faut qu'il fasse noir
      » Et qu'à deux pas on ne puisse se voir.  »
La nuit devait pour eux tenir lieu de mouchoir,
Et chacun sait combien à ce jeu populaire
          Un mouchoir devient nécessaire.
Or, ils n'en avaient pas. Dix minutes après
          Leurs désirs étaient satisfaits.
          L'obscurité devint complète ;
Les voilà bien heureux ! mais courte fut la fête.
     Chacun se fait mainte bosse à la tête.
     N'y voyant pas, ils courent au hazard
Et se retrouvent tous, comme en un traquenard,
Dans un fossé boueux, immonde domicile
     Dont à grand peine ils purent tous sortir.
          Mais des habitants de la ville
               Plus d'un faillit périr.
Dans cette obscurité, marchant à l'aventure,
          L'un tombe sous une voiture
     Qui vient déjà d'écraser son voisin :
     Dans la rivière un autre prend un bain :
          Que la saison rend fort malsain.
                    Enfin
Qui plus, qui moins... dans cette conjoncture
Chacun eut part à ce mauvais destin.
     Bien reposés, le lendemain,
     Les ramoneurs, en bons apôtres,

Sans se préoccuper des misères des autres,
        Pour retrouver leurs jeux
Auraient, sans balancer, renouvelé leurs vœux.

Cette race d'enfants, loin d'être rare, abonde,
J'en connais de tout âge ainsi que de tout rang;
Leur mal se guérit peu, car s'il faut être franc,
*L'égoïsme* est, hélas! aussi vieux que le monde.

---

## Le Carlin.

Un jeune chien, les délices d'un maître
Dont il charmait le triste isolement,
        Car l'âge du bon prêtre
Le retenait captif dans son appartement,
        Un chien avait pour unique misère,
        Mais celle-là du moins était entière,
        De digérer la délicate chère
            Qu'on préparait à son profit.
Jamais l'hiver pour lui n'avait eu de carême;
        N'était-ce pas un bien mauvais système?
        Un peu de jeûne aiguise l'appétit.
Repu, rassasié, malade du pléthore,
            Quand il recevait un voisin,
            N'osait-il pas tricher encore
        Pour augmenter la part de son festin?
Tant de voracité vous dénote un carlin.
Qu'arriva-t-il? un jour la chétive pécore,
            Tant déjeûna, dina, soupa,
            Que dans la nuit elle en creva.

Gourmands, que pensez-vous de cette fable-là?

---

## L'Étang et le Ruisseau.

Que l'eau de cet étang, maman, est sale et noire!
   Malgré ma soif je ne saurais en boire,
Car son goût est amer et semble du poison....
Et pourtant le ruisseau qui coule à la maison
Part d'ici, m'a-t-on dit, cela n'est pas croyable,
On a calomnié notre charmant ruisseau.
—Mon fils, on a dit vrai :—d'où vient que la même eau,
Pure et bonne là-bas, est ici détestable?
— De notre vie, enfant, c'est le parfait tableau ;
Cette eau devient mauvaise, alors qu'elle est dormante;
A sa source elle était pure, claire, courante,
Une fois dans l'étang son changement est prompt ;
   Trop de repos la gâte et la corrompt :
Tu vois, mon cher enfant, l'effet de la paresse,
   Cette eau stagnante au milieu des roseaux,
   Funeste à l'homme ainsi qu'aux animaux,
Loin d'embellir ces lieux y répand la tristesse
     Et fait qu'on les délaisse,
     Tant l'on redoute avec raison
L'air impur que répand sa fange et son limon.
Mais viens de ce côté, la vanne de décharge
   Va lui fournir un passage assez large,
     L'eau fuit et coule avec fracas
Sur un lit de cailloux, fort mauvais matelas
Pour une eau paresseuse; ami, ne la plains pas,
Elle y perd son repos, mais roulant sur la pierre,
Elle laisse aussitôt cette écume grossière
Qui la déshonorait; mais elle perd surtout
    Son âcreté, son détestable goût.
    Le repos l'avait corrompue;
    Au travail dès qu'elle est rendue,

Elle reprend sa pureté
Et partant sa bonté.

Pour toi cette leçon ne sera pas perdue ;
Par le travail tu vois ce qu'on acquiert,
Tandis qu'un long repos nous corrompt et nous perd.

———

## La Ronce.

Pour conserver ses fruits qui tentaient la marmaille,
Un maraicher, à défaut de muraille,
Avait fermé son clos avec des échalas,
Mais ce moyen ne lui réussit pas.
Samson emportait bien les portes d'une ville,
Pour l'imiter chaque bambin hostile
De la clôture enlevait les débris,
Après avoir rempli ses deux poches de fruits.
Un seul endroit inaccessible,
Car l'épine et la ronce en défendaient l'accès,
Offrit au maraicher un moyen infaillible
De mettre un terme à ces excès.
Il plante épine et ronce, et quelques mois après
Il était fier de son succès.
Sa récolte était respectée,
Mais la ronce effrontée
Envahissant chaque jour le terrain,
Avançait d'un tel train,
Que notre maraicher vit sa ruine certaine
S'il ne l'extirpait pas de son petit domaine,
Il y parvint et non sans peine.
« Vas-t-en, dit-il, contre les maraudeurs
» Tu me défendais bien, et c'est un bon office,
» Mais je paîrais trop cher un semblable service,
» Et tu m'apprends qu'il faut choisir ses protecteurs. »

———

# Le Rat.

Un roi peut quelquefois n'être pas un ingrat,
Témoin certain lion délivré par un rat (1).
    Dans sa vive reconnaissance,
  Il l'engageait avec force insistance
  A venir prendre une place à la cour ;
Le rat s'en défendait : — Venez du moins un jour
  « Et vous verrez après ma longue absence,
» Vous verrez le bonheur causé par mon retour ;
   » Ce bonheur là, n'est-il pas votre ouvrage ?
    » Venez en prendre votre part. »
De crainte de passer pour un franc campagnard
Notre rat hésitait, car tel était l'usage
  De n'accepter qu'après quatre refus
   Ce que l'on désirait le plus ;
Ainsi l'avait alors réglé la politesse.
Aujourd'hui l'on se traite avec moins de finesse
  Comme le veut le bon ton de nos jours :
L'un n'insiste jamais, l'autre accepte toujours.
Le rat en arrivant faisait triste figure.
  Mais le lion conte son aventure,
A ce récit, le rat devient presque un héros,
  Voilà déjà que la reine en raffole,
Alors toute la Cour se pâme et le cajole ;
Lui d'accepter l'encens en faisant le gros dos ;
Le soir avec chacun il se familiarise
Et dès le lendemain on le monseigneurise.
Bientôt il prend le pas sur tous les favoris,
Puis, sans qu'on le consulte, il donne son avis,
Il dispose de tout en maître de la place.

(1) La Fontaine, livre 2, fable 11

Le rat de sa nature est quelque peu rapace ;
   Au Roi lui-même il parle avec hauteur,
     Et semble dire en son audace ,
     Ne suis-je pas votre libérateur?
Il indigne chacun, et fait tant qu'on se lasse
Et qu'après vingt pardons à la fin on le chasse.

Exploiter un bienfait, c'est souiller une fleur ;
   Arrière donc tout ignoble sauveur,
     Qui, spéculant sur le moindre service,
     Veut en tirer un bénéfice !
Du plaisir d'obliger ignorant la douceur,
     Sa charité n'est plus qu'un artifice
     Pour s'enrichir à l'aide du malheur.

# Les trois Frères.

On m'a raconté que trois frères,
Sans doute fatigués d'être célibataires,
Le plus âgé pouvait avoir seize ans !
Discutaient sur les agréments
Qu'ils voulaient dans leurs ménagères ;
C'était, vous le voyez, ne pas perdre son temps.
On vit avec le corps beaucoup plus qu'avec l'ame ;
Voilà pourquoi je demande à ma femme
Grâce, fraîcheur, et jeunesse et santé.

### LE DEUXIÈME.

Mais si le ciel bizarre
Ne lui compta que d'une main avare
Sa dot d'attraits et de beauté,
Pour assurer le bonheur de ma vie
Elle doit racheter cette parcimonie
Par son esprit...

### LE TROISIÈME.

Par sa bonté !

### LE PREMIER.

Mais moi, je veux toujours aimer ma femme,
Et si bonne que soit la dame,
Comment adorer un laidron
Que dans la rue
Chaque manant salue
Avec un horrible juron ?

### LE DEUXIÈME.

Mais la beauté n'est qu'un mensonge ;

Ne dit-on pas qu'elle fuit comme un songe ?
Mon lot sera meilleur, je demande l'esprit,
          Car à tout il survit ;
     Par son esprit, on amuse, on sait plaire....

### LE TROISIÈME.

     C'est un succès bien éphémère :
     Comme l'éclair il surprend, éblouit ;
Mais ainsi que l'éclair, précurseur de l'orage,
     Il est parfois un funeste présage,
Et, tout en l'admirant, souvent on en gémit,
          Car la douleur le suit.
          Aussi moi je préfère
          Un heureux caractère.
     Se marier, c'est chercher le bonheur.
Eh bien ! si le bonheur n'est pas une chimère,
     C'est la bonté, c'est le désir de plaire,
     Qui peuvent seuls captiver tous les cœurs !


     Les avis de nos orateurs
Etaient, à leur insu, recueillis par leur père ;
Au lieu d'un long discours et d'un froid commentaire,
          Il profita du jour de l'an
          Pour acheter à l'un un paon,
A l'autre un singe, un chien pour le troisième.
L'esprit et la beauté, grâce au fâcheux emblême,
          Avaient, dès le soir même,
          Perdu chacun sòn partisan.

# Le Hibou, le Ramier, le Moineau franc et la Pie.

Un soir d'hiver, certain hibou,
Seul dans son nid ou plutôt dans son trou,
Parlait ainsi, dans sa douleur amère :
« Le bonheur pour moi seul n'est pas sur cette terre...
» Réponds, destin cruel, dis, pourquoi suis-je né ?
» Des caprices du sort jouet infortuné,
» N'ai-je pas à la fin fatigué sa constance ?
» Dois-je souffrir encor longtemps sans espérance ?...
» Mort à tous les plaisirs, je vis pour la douleur. »
Un ramier attendri, lui dit avec douceur :
  « Voisin, votre chagrin me gagne,
» Pourquoi vivez vous seul ? là n'est pas le bonheur,
» Ecoutez mes avis : prenez une compagne,
» Une tendre moitié, du plus pauvre logis
  « Sait faire un paradis. »
  « — Aimer ! fi donc ! dans ce destin vulgaire,
  » Un ramier peut se plaire,
» Mais ce bonheur ne peut me convenir ;
» Dans des plaisirs grossiers, moi j'irais m'avilir !...
» Je rêve des destins plus beaux sur cette terre. »
  Un moineau franc vint lui dire à son tour
  La vie agréable et facile
Qu'en dépit de l'hiver, il trouvait à la ville,
Où dans les lieux publics, les enfants chaque jour,
Lui donnaient ses repas pour prix de son audace.
 « — Vantez de tels plaisirs aux gens de votre race,
  » Ainsi que vous je ne suis point vorace. »
  Présente à la conversation,
   Une pie étourdie
Lui dit : « Eh bien, mon cher, venez dans mon salon,

» Vous y verrez très-bonne compagnie :
» Par-dessus tout, moi j'aime le bon ton.
» L'esprit toujours a besoin de culture ,
» Aussi nous y faisons de la littérature ,
» Et je vous montrerai des vers de ma façon.
« — Moi ! j'estime fort peu la gloire littéraire , »
          Dit le hibou d'un ton colère ,
          En s'enfermant dans sa maison.

Quoi donc pouvait remplir ce cœur atrabilaire ?
          Quoi donc ?.... *L'ambition.*

# Le Marronnier.

L'attente du plaisir double sa jouissance ;
Aussi savoir attendre est presque une science,
    Ce n'est pas celle de l'enfance
        Ni des femmes non plus ;
      Pour avoir toutes les vertus
      Que leur faut-il?... La patience.
Vainement je leur dis, tout doit venir à point,
Pourquoi couper en vert le champ de l'espérance?
Attendez.... attendez.... —Non, je n'attendrai point,
    Attendre un an, un mois, une semaine,
    Un jour, une heure, oh! c'est par trop de gêne !
Un quart d'heure d'attente est une éternité....
A de tels auditeurs dire la vérité,
N'est pas un sûr moyen d'être bien écouté ;
Je la dirai pourtant, après toi, Lafontaine,
Laisse-moi donc glaner dans ton riche domaine.

    Un marronnier, la gloire du pays,
De ses fruits nourrissants étalant les richesses,
Promettait pour l'hiver de nombreuses largesses ;
    Sous ses rameaux, des enfants réunis
(De tout temps les enfants des marrons sont avides)
Cherchaient et ne trouvaient que des écorces vides,
    Que des fruits secs, que des marrons amers,
      Ou bien encore attaqués par les vers;
      De ces enfants la mine épanouie
      S'allongeait insensiblement ;
Pourtant sans écouter leur mécontentement,
      L'un d'eux, maître en espiéglerie,
    Apostrophant le marronnier, s'écrie :
« Bel arbre, mon ami, de là-haut tu nous vois
    » Sans nul profit nous écorcher les doigts;
» Pour nous dédommager, tu vas, je le parie,
    » Nous donner des marrons;

                        2

» Donne-les donc sans plus attendre,        [bons !
» Donne-nous-en beaucoup, et surtout qu'ils soient
» Enfin ne tarde pas, ou nous saurions les prendre. »
Comme il parlait, agités par le vent,
Les lourds rameaux l'un l'autre se heurtant,
Sur notre troupe réunie,
Laissent tomber comme une pluie
De nouveaux fruits, desséchés, avortés
Ou gâtés,
Des écoliers vous comprenez la rage ;
Dans l'effet du hazard ils voyaient un outrage :
— Arbre maudit, dit l'un d'eux en courroux,
Nous allons nous venger, et péris sous nos coups.
Tout aussitôt les uns cherchent des pierres,
D'autres s'armant de leurs bâtons,
Commencent à l'envi cette chasse aux marrons,
Chasse insensée et des plus meurtrières !
Honteux d'un deuil prématuré,
L'arbre déshonoré,
Pleurant sa gloire et son feuillage
Qui donnait un si doux ombrage,
Vit ses rameaux foulés aux pieds
Et tous ses fruits sacrifiés.
Quant aux vainqueurs qu'égara la colère,
( De maux et de regrets elle est toujours la mère ! )
Les mains en sang, déchirés, harassés
Ou blessés,
Et par le martinet le soir récompensés,
Ils goûtèrent fort peu les fruits de leur victoire
On le comprend, au milieu de l'été
Les marrons sont trop loin de leur maturité
Pour avoir quelque qualité.
Honteux de leurs exploits, dégoûtés d'une gloire
Infertile pour eux et funeste au canton,
Ils y prirent du moins une utile leçon
Qui s'est depuis ce temps gravée en leur mémoire ;
Ils comprirent qu'à tort ils s'étaient courroucés,
Ils comprirent surtout qu'ils s'étaient trop pressés.

## Le Perroquet et la Pie.

Le monde ne se connait guère !
Disait un perroquet tout ému de colère ;
   Moi qui veux bien descendre du salon
Pour faire chaque jour la conversation
     Avec l'oiseau de la portière ;
     Elle s'est permis, la grossière !
       Avec l'air goguenard
    De me traiter de vieux bavard.
Bavard ! un perroquet !... c'est à n'y rien comprendre.
En n'y retournant pas je veux lui faire entendre
    Tout mon mépris pour ses mauvais propos.
    D'ailleurs la femme est si braillarde,
      Et sa pie est si babillarde,
Qu'à peine je pouvais placer un ou deux mots ;
    Mais le voisin tient une laiterie
      Et sa cour est remplie
De poules, de canards avec leurs oisillons,
     De pintades et de dindons.
Ce sont petites gens... mais comprenant, j'espère,
    L'honneur que je veux bien leur faire ;
Heureux de m'écouter, ils n'auront qu'à se taire.
    Il s'y rendit.... ô facheux contre-temps !
    Qu'y trouva-t-il ? de la foule entourée,
    La pie était déjà fort occupée
     A caqueter à ses dépens.
    A coup de bec, aussitôt il l'accoste,
     A coups de bec elle riposte....
    La basse-cour entre les combattants
    Prenant parti, se divise en deux camps,
Le chien de la maison, comme eût fait un vieux juge,
    Sourit d'abord, en voyant ce grabuge ;
    Mais comme enfin on ne s'entendait plus,
Canards, poules, dindons, chacun faisant chorus,

Et que tout en criant, on luttait avec rage,
    Pour mettre fin à ce tapage,
    Le chien chassa les deux intrus.


Des bavards, ici-bas, le nombre m'inquiète,
    J'en veux tracer seulement deux portraits :
Duval fut de tout temps partisan des caquets;
    Ce qu'on lui dit, bientôt il le répète,
        Et sa langue indiscrète
    Ne sut jamais conserver de secrets.
Il faut pour son bonheur qu'il ait toujours à dire;
    S'il n'apprend rien, au risque de médire,
        Il conte ce qu'il ne sait pas.
Pour avoir à parler il s'attache à vos pas;
Mais on connait Duval, on le fuit à la ronde;
    S'avance-t-il? on l'évite aussitôt;
    Duval bavard déplait à tout le monde,
    Duval déplait, car Duval est un sot.
Damis a de l'esprit, mais Damis en abuse,
Aux dépens de chacun chaque jour il s'amuse,
    Et chaque jour son esprit médisant
Lui fournit d'un bon mot l'à-propos séduisant;
Il regrette après coup le mal qu'il a pu faire,
    Mais rien ne peut l'amener à se taire;
    Pour échapper à la malignité
        De sa feinte gaîté,
    Pour éviter la triste acrimonie,
    Bien vainement vous cachez votre vie;
Il ne respecte rien, pas même la douleur.
    Il faut qu'il parle, il faut qu'il brille,
Pénétrant les secrets d'une noble famille
        Qu'atteint un grand malheur,
Il les commentera sans honte et sans pudeur,
Et sa parole enfin est comme la ciguë
        Qui tue.


Pardon, ami lecteur, je m'aperçois bien tard
Que depuis trop long-temps moi-même je bavarde,

Je finis en disant: Que Dieu toujours vous garde
  Du sot et du méchant bavard,
  Et tout autant des rimeurs de hazard.

---

## Le Castor.

 Certain castor, fort habile maçon,
Crut indigne de lui la modeste maison
 Dans laquelle était mort son père
 Et qui formait sa part héréditaire ;
  Pour mieux éterniser son nom,
  Il consuma sa vie entière
  A construire à grand frais
   Un palais
   Qu'il n'habita jamais!
Pauvre Castor, n'es-tu pas notre frère?
Modeste en tes désirs, honorable artisan,
  Tu n'aurais pas déposé ton bilan
   Et connu la misère,
  Si tu n'avais méprisé la chaumière
Dans laquelle vivaient tes modestes parents.

A nous autres mortels, à nous tous faibles hommes
   Si petits que nous sommes,
  Il faut aussi, d'immenses monuments,
   Il faut des portes triomphales,
Des arcs et des palais, des colonnes rostrales,
  Qui puissent dire à nos fiers descendants :
   Voyez combien nous fûmes grands!
   Triste grandeur et fausse gloire !...
De la tour de Babel n'avons-nous plus mémoire?

---

## Les Deux Agneaux.

Deux agnelets, ils entraient en sevrage,
Discutaient, disputaient, on discute à tout âge,
Et comme d'ordinaire, ils ne s'entendaient pas ;
Or voici le sujet de leurs graves débats :
    L'un préférait, à l'herbe des prairies,
        La luzerne des champs !
    Pour soutenir de telles hérésies
Ne faut-il pas avoir le cœur des plus méchants ?
        Au lieu de consulter leur mère :
        Ainsi que devraient toujours faire
        De bons et dociles enfants,
    Ils vont conter leur sujet de querelle
        Au bélier du troupeau voisin,
Intrépide bravache, odieux spadassin.
  « J'aime beaucoup, dit-il, l'amitié fraternelle,
      » Elle doit nous rendre indulgents,
  » Mais je ne pense pas qu'on puisse entre parents
    » D'un démenti supporter l'insolence ;
    » Dans ce débat, moi, je vois une offense
  » Qu'on ne pardonne pas quand on comprend
    » Prouvez que vous avez du cœur. »  [l'honneur ;
Ils comprirent trop bien cette leçon stupide.
    Chacun voulut se montrer intrépide ;
    Tout écloppé l'un rentrait au hameau,
    L'autre resta gisant sur le carreau.

    Moi qui désire qu'on m'éclaire,
En donnant mon avis, j'admets l'avis contraire ;
    C'est du choc des opinions
    Que jaillit la lumière ;
    J'accepte donc les contradictions,
Et ne consulte pas un fâcheux *Héraclite*,

Du point d'honneur casuiste émérite ;
De l'écouter si j'avais le malheur,
Avec chacun je me verrais en guerre,
Et bientôt, je le crois, je serais mauvais frère.
Je prends un autre guide, et ce guide est mon cœur,
Il me dit qu'on ne peut être heureux sur la terre,
Sans l'indulgence et la douceur.

## Le Canard sauvage.

Canes, canards et canetons,
Auprès de vous en ambassade,
Je viens prêcher dans ces cantons
Une noble et fière croisade,

   Canes et canards,
   Canetons moutards,
   Partons, je vous prie;
La liberté par ma voix vous convie.

Ici votre sort est odieux,
Le moindre bambin vous moleste;
Je vous promets sous d'autres cieux,
Bon lit, bon gîte, et puis le reste. (1)

Lorsque trois canes vont au champ,
J'en rougis pour l'espèce entière,
Toujours la première est devant
Et la troisième va derrière.

Aussi voulez-vous cheminant
A la beauté conter merveille,
Il vous faut crier en plein vent
Ce qu'on doit se dire à l'oreille.

Les plaisirs de vos basses-cours
Ont captivé votre ame idiote;
Dans le fumier traînant vos jours
Il vous suffit qu'on y barbotte.

Moi, je fuis l'homme, il est sans foi;
L'homme trompe quand il caresse;
Il vous nourrit, mais, croyez-moi,
C'est par calcul qu'il vous engraisse.

(1) La Fontaine, fable des deux Pigeons, vers 17°.

On vous énerve dans ces lieux,
Fuyez ce honteux esclavage,
Et rendez pour jamais aux cieux
Votre aile indomptée et sauvage.

Enflammés par ce noble chant,
Tous ils vont prendre leur volée,
Ils partiront tous, mais quand?... quand
Ils n'auront plus l'aile coupée.

Le cuisinier, serviette en main,
Dispersa les canes craintives,
Et l'orateur, le lendemain,
Fut mis à la sauce aux olives.

A l'homme dans les fers parler de liberté,
    C'est maladresse ou cruauté.

## La Mouche.

« Dieu! que les hommes sont ingrats !
» De tant d'aveuglement je m'indigne et je pleure ;
        » Pour les sauver, je m'expose à toute heure
» Et de tous mes conseils ils ne profitent pas !
» Je les tirai pourtant d'un bien grand embarras,
» Quand prenant en pitié leurs efforts et leur peine,
        » Et leurs chevaux perdant haleine,
        « Bien qu'en ait dit un monsieur La Fontaine (1),
        » Je les sauvai peut-être du trépas.
» Sans me décourager je veux encor mieux faire ;
        « Rendre service, est dans mon caractère ;
        » Pour leur bonheur je dois me dévouer,
» Oui, sur leur avenir je vais les éclairer.
        » De leurs défauts et de leurs vices
                » Que je saurai flétrir,
        » En dévoilant les plus noirs artifices,
                » Je les ferai rougir. »

Un cheval l'entendait : « As-tu fini, ma belle ?
» Pourquoi tant déclamer contre l'humanité ?
» Quand on prêche d'exemple on est mieux écouté.
        » Au charriot lorsqu'on m'attèle,
        » A mes voisins je ne fais pas querelle,
» A la voix du cocher je tire tout d'abord ;
» Au lieu d'en faire autant si mon voisin s'endort,
        » A son devoir l'aiguillon le rappelle.
» Chacun fait ce qu'il peut, et nous gagnons le port.
» Au lieu de tant parler, va donc à ton affaire,
        » Rentre chez toi soigner ta vieille mère
                » Et tes petits. »

(1) La Fontaine, livre 7e, fable 9

Grands conseillers de tous pays,
Payés ou non payés, mais dont la race inonde
Le monde,
Pratiquez, s'il vous plaît, et bientôt vos avis
Par l'exemple enseignés, et partant mieux compris,
Seront partout recueillis et suivis.

## Le Deux Bougies.

A Paris il était deux frères
Bien différents d'humeur, de goûts, de caractères :
Le plus âgé, grave, laborieux,
Avant tout désirait s'instruire ;
Et passait tout son temps à lire ;
L'autre, le jeune, ardent, insoucieux,
Acceptait plus gaîment la vie,
Et par paresse ou par philosophie,
S'il eût pu la régler au gré de ses désirs,
Tout entière il l'aurait consacrée aux plaisirs.
Tous deux, un soir, prennent une bougie,
Notons qu'elles étaient d'une égale grandeur,
L'aîné des deux enfants consulte avec ardeur
Un livre de chronologie,
Et sa bougie avance avec lenteur :
L'autre, qui ne fait rien, prétend que sa lumière
Ne donne pas la clarté nécessaire,
Et sans motifs on le voit y toucher
Pour entr'ouvrir la mèche, ou bien pour la moucher ;
Grâce à ces soins, le pauvre luminaire
Malproprement bave de tous côtés,
Et répand à regret de douteuses clartés
Après les courts instants d'un éclat éphémère.
L'ennui toujours nous conduit à mal faire.
L'enfant ne sachant plus à quoi passer son temps,
Bougie en main, court les appartements ;
Le vent la fait couler avec plus de vitesse ;
Enfin il tombe, et dans sa maladresse
Il la brise en mille morceaux ;
Ce fut la fin de tous ses maux.

« Mon fils, un accident futile en apparence
» Présage un avenir plus grave qu'on ne pense.

» Et je m'effraie avec raison,
» Car dans le sort de la bougie
» Je vois l'histoire de ta vie.
» — Père, vous vous moquez, cette comparaison
» Est à coup-sûr une plaisanterie.
» — Jamais de plaisanter je n'eus si peu l'envie ;
» Alfred, écoute-moi, du moins quelques instants ;
» Compare ta bougie à celle de ton frère ;
» Quand la tienne n'est plus, la sienne presque entière,
» Intacte encor, lui suffit et l'éclaire ;
» Mais il doit au travail ses purs amusements,
» Et toi ! combien ta vie est folle !
» Des jeux, du bruit, du mouvement ;
» Le plaisir est ta seule idole,
» Tu le poursuis aveuglement,
» Toujours tu cours après, et toujours il s'envole.
» C'est un hôte indiscret qui manque de parole ;
» On l'attend au logis, on le recherche ailleurs,
» L'on se tourmente, l'on s'agite :
» La vie, enfant, ainsi finit plus vite
» Mais sans donner des jours meilleurs. »

## Le Froid et le Chaud.

« Les riches, je les hais, ils sont insatiables,
   » Il ne font rien, et nous, nous travaillons.
» Prenant avec leur part celle des pauvres diables,
» Ils veulent tout avoir et comptent par millions.
» S'ils voulaient cependant être un peu raisonnables,
   » Tout irait bien et nous partagerions :
» Ce n'est pas que jamais la richesse me tente,
» Avec bien peu d'argent l'on me rendrait heureux ;
» Si j'avais seulement trois cents livres de rentes,
» Cette fortune-là comblerait tous mes vœux. »
   Ainsi disait le vieux père Grégoire,
   Brave homme au fond, mais c'était après boire,
Et Grégoire du reste, excellent travailleur,
Était au cabaret un plus rude joûteur ;
Or c'est-là que passait le fruit de son labeur,
   Et le pauvre homme, au déclin de la vie,
   N'avait pas même un sou d'économie ;
Telle était la raison de sa misanthropie,
Tel était le motif de l'étrange discours
Qu'il tenait au curé, dont la main charitable
Sur tous également répandait des secours.
« — Grégoire, assieds-toi là ; puisque je suis à table,
» Tu prendras la moitié de mon maigre repas,
» Et puis nous causerons autant que tu voudras.
   » — Je n'ai pas faim, et je vous remercie ;
» Mais je vais me chauffer, j'ai la tête engourdie,
» Car pour les malheureux bien rude est la saison.
« — Alors, refais le feu.—Non, chez vous il fait bon. »
Le curé se penchant auprès de sa fenêtre,
   Sans dire mot consulte un thermomètre,
Il marquait six degrés au-dessus de zéro.
« Je voudrais que tes vœux trouvassent de l'écho,

» Dit le prêtre, il faudrait bien peu pour te suffire ;

   » Mais sans vouloir te contredire,

» Ne crains-tu pas qu'au bout de quelque temps

» Tu ne sois plus heureux avec tes trois cents francs ?

» Car, soit dit entre nous, un peu faible est la somme.

   » — C'est bien assez quand on travaille encor. »

Placé sur ce sujet, voilà bientôt mon homme

Déclamant de nouveau contre l'amour de l'or.

   Tout en parlant, armé de la pincette,

Il recueille avec soin les plus petits charbons,

     Puis il rapproche les tisons,

Puis ajoute au foyer mainte et mainte bûchette.

     Le thermomètre du curé

De minute en minute avançait d'un degré.

Quand mon brave, avisant une falourde entière,

   Sans consulter sur ce qu'il pouvait faire,

     Tout aussitôt la dépeça,

   Et tout entier le fagot y passa.

   Pas n'est besoin de dire la torture

   Que le curé dans sa soutane endure ;

   Par la chaleur le digne homme étouffé,

Dit à Grégoire : Es-tu quelque peu réchauffé?

   « Pas trop, vraiment, ou le diable m'emporte ;...

   « Peut-être il vient du vent par cette porte,

   » Car j'éprouvais à l'instant le frisson. »

» — Grégoire, que ceci te serve de leçon

» Et te rende indulgent. Entrant dans la maison

» Tu me félicitais sur sa température ;

» Il fait cinq fois plus chaud et tu sens la froidure !...

   » C'est l'histoire des trois cents francs ;

» Ils te seraient, tu vois, bientôt insuffisants.

» Les riches tout-à-l'heure exerçaient ta censure,

   » De les blâmer tu n'auras plus le droit;

   » Rien, disais-tu, ne peut les satisfaire ;

» S'ils amassent toujours, sois indulgent, mon frère ;

   » Ainsi que toi, c'est qu'ils ont toujours froid. »

# TABLE.

———

———

Chartres Garnier, Imprimeur.

www.ingramcontent.com/pod-product-compliance
Lightning Source LLC
Chambersburg PA
CBHW061615180626
46818CB00005B/2084